Escrito por Jobana Moya
Ilustrado por Marte

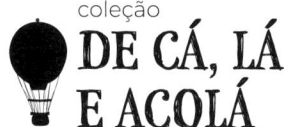

coleção
DE CÁ, LÁ E ACOLÁ

Huáscar, seus cabelos e as raízes

Huáscar, sus cabellos y las raíces

Edição bilíngue
Português-Espanhol

Saíra Editorial

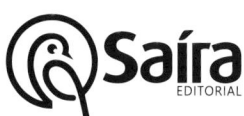

Copyright do texto © 2022 Jobana Moya
Copyright das ilustrações © 2022 Marte

Direção e curadoria	Fábia Alvim
Gestão comercial	Rochelle Mateika
Gestão editorial	Felipe Augusto Neves Silva
Diagramação	Isabella Silva Teixeira
Revisão	Márcia S. Zenit

Dados Internacionais de Catalogação na Publicação (CIP) de acordo com ISBD

M938h Moya, Jobana

Huáscar, seus cabelos e as raízes: Huáscar, sus cabelos y las raíces / Jobana Moya ; ilustrado por Marte. - São Paulo, SP : Saíra Editorial, 2022.
24 p. : il. ; 20cm x 20cm. – (De cá, lá e acolá)

ISBN: 978-65-86236-79-8

1. Literatura infantil. I. Marte. II. Título.

2022-3615

CDD 028.5
CDU 82-93

Elaborado por Vagner Rodolfo da Silva - CRB-8/9410

Índice para catálogo sistemático:
1. Literatura infantil 028.5
2. Literatura infantil 82-93

Todos os direitos reservados à Saíra Editorial

📞 (11) 5594 0601   💬 (11) 9 5967 2453
📷 @sairaeditorial   f /sairaeditorial
🌐 www.sairaeditorial.com.br
📍 Rua Doutor Samuel Porto, 396
   Vila da Saúde – 04054-010 – São Paulo, SP

"Trata aos demais como queres que te tratem" (Silo)
Dedico este livro a todas as crianças, mães, pais e pessoas que mantêm vivas suas culturas na pele, nas roupas, nos cabelos, na língua, nos sotaques, nas práticas e tradições. À minha mãe Judith, meu pai Fernando, minhas irmãs Dayana e Romina, meus irmãos Fernando e Jesus. Para Marquinho, Wayra e Fernando Osvaldo, minha inspiração para esta história.

"Trata a los demás como quieres que te traten" (Silo)
Dedico este libro a todas las wawas, mamás, papás y personas que mantienen vivas sus culturas en su piel, en la ropa, su cabello, su idioma, en su acento, prácticas y tradiciones. A mi mamá Judith, mi papá Fernando, mis hermanas Dayana y Romina, mis hermanos Fernando y Jesús. Para Marquinho, Wayra y Fernando Osvaldo, mi inspiración para esta historia.
Jobana Moya

Dedico estes desenhos às mães imigrantes - em especial à minha, que muito cedo me ensinou que meus traços não eram uma vergonha, mas motivo de orgulho.

Dedico estos dibujos a las madres inmigrantes – en particular a la mía, que muy temprano me enseñó que mis trazos no eran una vergüenza, pero razón de orgullo.
Marte

Minha mãe não é daqui. Minha mãe é imigrante. Quase todas as vezes que saímos na rua é a mesma história... Tem alguma pessoa que fala assim para mim...

Mi mamá no es de aquí Mi mamá es inmigrante. Casi siempre que salimos a la calle es la misma historia... Hay alguna persona que me dice...

¿Você é menina?

"Eres una niña?"

Eu tento ser legal na resposta que dou, e digo:
— Não, eu sou um menino. Meu nome é Huáscar e tenho 6 anos.

Trato de ser amable en la respuesta que doy, y digo:
— No, soy un niño. Me llamo Huáscar y tengo 6 años.

Então minha mãe explica que somos quéchuas e os homens na nossa cultura têm o costume de usar o cabelo comprido e trançado.

Entonces mi mamá explica que somos quechuas y que los hombres de nuestra cultura tienen la costumbre de llevar el pelo largo y trenzado.

Ela sabe que fico triste toda vez que isso acontece e ela também fica triste.

Ella sabe que me pongo triste cada vez que eso ocurre y ella también se pone triste.

Não gosto que mexam no meu cabelo sem minha permissão, como alguns tentam fazê-lo às vezes. Minha professora na escola falou que tudo bem os meninos terem o cabelo comprido.

No me gusta que me toquen mi cabello sin mi permiso, como algunos intentan hacer a veces. Mi profesora en la escuela dijo que estaba bien que los chicos tuvieran el cabello largo.

**E um professor, um dia, no recreio, perguntou por que algumas crianças me chamavam de menina.
Contei que era porque eu tinha o cabelo largo e ele falou para as crianças que ele também tinha o cabelo comprido e que os meninos podiam usar o cabelo assim.**

Y un profesor, un día, en el recreo, me preguntó por qué
algunos niños me llamaban de niña.
Le conté que era porque tenía el cabello largo
les dijo a los niños que él también tenía el cabello
largo y que los niños podían tener el cabello así.

Eu não quero cortar meu cabelo. Gosto dele assim. Minha mãe diz que o cabelo largo representa a sabedoria, a conexão com a Pachamama, nossa beleza, coragem e a resistência de nossa Nação Quéchua.

No quiero cortar mi cabello. Me gusta así. Mi mamá dice que el cabello largo representa la sabiduría, la conexión con la Pachamama, nuestra belleza, el coraje y la resistencia de nuestra Nación Quechua.

Nas histórias de nossa origem, como quéchuas, comparamos o cabelo comprido com os raios do Sol, com as raízes das plantas, simbolizando energia e vitalidade.

En las historias de nuestro origen, como quechuas, igualamos el cabello largo con los rayos del sol, con las raíces de las plantas, simbolizando energía y vitalidad.

Cada dia ela trança meus cabelos, e, enquanto meu cabelo é penteado, minha mãe conversa comigo, lembramos histórias, e eu sinto paz e felicidade.
Eu quero que todos os meninos possam fazer o que quiserem com seus cabelos e que fiquem felizes como eu com o meu cabelo largo.

Todos los días ella me trenza el cabello, mientras me peina mi mamá conversa conmigo, recordamos historias, siento paz y felicidad.
Quiero que todos los niños puedan hacer lo que quieran con su cabello y que sean felices como yo con mi cabello largo.

GLOSSÁRIO / GLOSARIO

Nação Quéchua: Conjunto grande e diverso de população indígena andina que tem em comum o idioma quéchua nas suas distintas variedades e que possuem uma cultura rica e complexa, presente em: Bolívia, Peru, Equador, Argentina, Chile e Colômbia.

Largo: Comprimento. Medida da extensão de algo considerado de uma extremidade à outra.

Pachamama: palavra quéchua (pacha = terra e mama = mãe) que se traduz "Mãe terra", divindade da cosmovisão andina relacionada com fertilidade, proteção. A palavra Pacha é utilizada também para nomear espaço e tempo.

Imigrante: pessoa que sai do país no qual nasceu para morar num país diferente de forma temporária ou permanente. Podem ser imigrantes laborais, estudantes, pessoas em situação de refúgio, apátridas, bem como suas famílias, independentemente de sua situação imigratória e documental.

Nación Quechua: Conjunto amplio y diverso de pueblos indígenas andinos que comparten la lengua quechua en sus diferentes variedades y que tienen una cultura rica y compleja, presente en Bolivia, Perú, Ecuador, Argentina, Chile y Colombia.

Largo: Longitud. Medida de la extensión de algo considerado de un extremo a otro. (cabelo largo = cabelo comprido)

Pachamama: palabra quechua (pacha = tierra y mama = madre) que se traduce como "Madre tierra", una deidad de la cosmovisión andina relacionada con la fertilidad, la protección. La palabra Pacha también se utiliza para nombrar el espacio y el tiempo.

Imigrante: persona que sale del país donde nació para vivir en otro país de forma temporal o permanente. Pueden ser inmigrantes laborales, estudiantes, personas en situación de refugio, apátridas, así como sus familias, independientemente de su situación de inmigración y documentación.

Sobre a autora

Mulher e mãe imigrante, quéchua, boliviana, siloísta, ativista pela Não Violência Ativa e a Não Discriminação, mediadora intercultural, fundadora da Equipe de Base Warmis - Convergência das Culturas. Estudante de graduação em Sociologia e Política na FESPSP- Fundação Escola de Sociologia e Política de São Paulo. Acredita que a leitura e a contação de histórias podem criar e fortalecer vínculos profundos de afeto e confiança com nossas crianças, como também podem ser uma ferramenta para a valorização das nossas raízes e da nossa diversidade cultural.

Mujer y mamá inmigrante, quechua, boliviana, siloísta, activista por la No Violencia Activa y la No Discriminación, mediadora intercultural, fundadora del Equipo de Base Warmis - Convergencia de las Culturas. Estudiante de Sociología y Política en la FESPSP- Fundación Escuela de Sociología y Política de San Pablo. Cree que la lectura y la narración de cuentos pueden crear y fortalecer lazos profundos de afecto y confianza con nuestras wawas, además de ser una herramienta para la valorización de nuestras raíces y de nuestra diversidad cultural.

Sobre a ilustradora

Marte é ilustradora de origem peruana que ama desenhar montanhas e ler sobre os Andes. Cresceu ouvindo histórias do Vento, da Chuva, do Sol e da Lua e por isso quis se tornar artista. Sua comida favorita é *papa a la huancaína* **e seu maior sonho é escrever um livro sobre a arte do seu povo.**

Marte es ilustradora de origen peruana que ama dibujar montañas y leer sobre los Andes. Creció escuchando historias del Viento, de la Lluvia, del Sol y de la Luna y por eso quiso tornarse una artista. Su comida preferida es papa a la huancaína y su mayor sueño es escribir un libro del arte de su pueblo.

Esta obra foi composta em Millesime e Adobe Jenson Pro
e impressa em offset sobre papel couché fosco 150 g/m²
para a Saíra Editorial em 2022